LES

DÉBUTS

D'UN

CHAMPION

Par Georges PARAMÉ

PRÉFACE DE E. MOUSSET

1895

50 Centimes.

LES DÉBUTS

D'UN

CHAMPION

LES
DÉBUTS
D'UN
CHAMPION

Par Georges PARAMÉ

Préface de E. MOUSSET

Tous droits de reproduction et de traduction réservés

SAINT-BRIEUC

IMPRIMERIE FRANCISQUE GUYON, LIBRAIRE-ÉDITEUR
Rues Saint-Gilles, 4, et de la Préfecture, 18

Cliché Hamonic.

PRÉFACE

Lorsqu'un voyageur aventureux, démuni de vivres, s'égare dans un pays nu et inhabité, ce n'est pas sans un profond sentiment de découragement qu'il chemine sur la route, qu'il suppute d'avance les interminables heures de tristesse et de privation qu'il va endurer ; jusqu'à ce qu'un gîte, d'existence problématique, vienne mettre fin à ses maux en lui apportant le réconfort après lequel il aura si longtemps soupiré.

Ainsi en aura-t-il été des sportsmen français depuis la fin de l'année 1893, au sujet de la situation sportive de notre pays vis-à-vis de l'Etranger.

A cette époque, nous possédions encore Cassignard qui, doué de qualités intrinsèques de premier ordre et arrivé à une forme magnifique, dominait manifestement tous ses compatriotes et était devenu notre champion incontesté. Il avait démontré, en outre, en maintes occasions retentissantes, qu'il était de taille à soutenir superbement nos intérêts dans les luttes internationales.

Avant lui ce double honneur était déjà échu à Médinger, dont il était devenu le digne successeur : la mort aussi terrible qu'inattendue du jeune champion laissa le sport cycliste français désemparé et livré sans défense efficace aux assauts des coureurs qui, de tous les autres pays, venaient chez nous à la conquête de la gloire et de la fortune.

En vain les sportsmen français fouillaient d'un œil anxieux la foule des jeunes coureurs, cherchant à découvrir celui qui serait capable de prendre une succession si inopinément ouverte. Leurs recherches hésitantes allèrent de l'un à l'autre avec un désir intense de réussi mais pourtant sans conviction bien solide. Plusieurs noms furent successivement prononcés, mais aucun de ceux qui les portaient ne se montra de taille à justifier une telle confiance. Les faits ne tardèrent pas à donner un cruel démenti aux espérances qu'ils avaient fait naître et les illusions qu'on s'était forgées sur leur compte s'écroulèrent comme un château de cartes.

Privé de son meilleur représentant, le sport cycliste francais fut pendant l'année 1894 livré en pâture aux compétiteurs étrangers et nos meilleurs coureurs durent s'éclipser devant eux et se contenter des places secondaires.

Zimmerman, Banker, Wheeler, Barden, Harris, Edwards, Houben, etc., infligèrent à nos coureurs des séries de défaites à peine interrompues par quelques rares succès dont Médinger prit encore la meilleure part, ce qui était d'autant plus méritoire que le vétéran de nos pistes était sur la brèche à un âge où depuis longtemps les autres coureurs ont pris d'ordinaire leur retraite.

La disparition du vieux champion venant faire un sinistre pendant à celle de Cassignard, laissait en 1895 les couleurs françaises définitivement désemparées en leur enlevant leur dernière chance, car tous nos coureurs alors connus s'étaient montrés inférieurs à Médinger et aucun nouveau ne se manifestait comme pouvant mettre fin à notre situation lamentable.

Le sport national menaçait donc de voir continuer et même s'aggraver encore cette noire période qu'il traversait depuis l'année précédente et 1895 s'annonçait comme devant être encore pire pour notre amour-propre que 1894.

Or, voilà que tout à coup, au moment où tout espoir semblait perdu et qu'on commençait à craindre de voir de nouveau les coureurs étrangers régner d'autant plus en maître cette année chez nous que quelques nouveaux compétiteurs redoutables, tels que Protin, étaient annoncés comme devant venir grossir la liste de nos vainqueurs, on voit tout à coup surgir un tout jeune homme, jusqu'alors inconnu en dehors de la région où depuis trois ans, il avait pris part aux courses et montré sur ses rivaux locaux une

indiscutable supériorité, mais dont le nom n'était pas parvenu jusqu'à
Paris, et qui, se décidant enfin à quitter sa ville natale pour venir
goûter de la capitale, devait en quelques mois conquérir sans conteste
le premier rang parmi nos coureurs français et relever notre prestige
national en infligeant de retentissantes défaites aux plus célèbres
des Champions étrangers.

Ce nouveau venu s'appelait Morin. Il était originaire de Saint-
Brieuc. Il arrivait du plein cœur de cette vieille Bretagne, renommée
pour la solidité et l'entêtement de ses habitants et tout indiquait
en lui les qualités distinctives de sa race.

Tête ronde, cheveux noirs frisés, teint bronzé, nez légèrement
aquilin, œil vif, joues pleines, bouche serrée et volontaire, pas très
grand, mais fortement râblé, large torse, épaules solides, jambes
puissantes, ensemble robuste et bien proportionné ; santé exubérante
et avec tout cela 18 ans, c'est-à-dire l'aurore de la belle jeunesse et
l'avenir plein de promesses.

Il semble bien cette fois que les sportsmen français peuvent se
consoler de leurs déboires passés et qu'ils ont enfin trouvé en Morin
l'oiseau rare depuis si longtemps cherché, le coureur plein de qualités,
déjà brillamment manifestées et que le temps et l'expérience ne
peuvent que développer encore notablement, le sprinter merveilleusement doué, ayant cette pointe finale foudroyante qui a de tout
temps procuré de si nombreuses victoires à ceux qui en étaient les
heureux possesseurs, le continuateur en un mot de Médinger et de
Cassignard, qu'ils commençaient à désespérer de ne jamais plus
retrouver.

Cette joie aura été d'autant plus grande, qu'elle a été plus inattendue et l'apparition soudaine de Morin, parvenu rapidement au
premier plan des coureurs d'Europe, aura été un des événements les
plus heureux qui aient pu arriver au sport cycliste français, car elle
lui a rendu la confiance qui commençait à lui échapper et le relief
dont il avait tant manqué pendant la saison précédente.

Et maintenant, il ne nous reste plus qu'à souhaiter de voir Morin
continuer dignement une carrière si brillamment commencée. Grâce

à son jeune âge, il a devant lui un bon nombre d'années de succès en perspective et l'horizon s'ouvre heureux et prospère devant lui. Il faut surtout qu'il se souvienne que désormais il ne s'appartient plus exclusivement, mais qu'il appartient au Sport cycliste Français, dont il s'est montré cette année le plus glorieux représentant, et dont il est pour l'avenir le plus ferme espoir.

Honneur donc à la jeune étoile qui vient de se lever d'une manière si opportune au firmament de notre Sport cycliste national !

Paris, le 28 Novembre 1895.

E. MOUSSET.

AU LECTEUR

Je n'avais pas encore entièrement publié dans le Moniteur des Côtes-du-Nord *la biographie sommaire de Morin*, que le Grand Prix cycliste de 6.000 francs était gagné haut... la pédale par notre jeune compatriote, sur la piste municipale de Vincennes.

Justifiant les pronostics généralement admis, et que moi-même j'émettais quelques jours auparavant, « Ludovic » sauvait brillamment l'honneur national et infligeait une défaite, aussi complète que régulière, aux champions étrangers.

Vous vous rappelez sans doute, cher lecteur, l'ovation qui suivit cette lutte glorieuse, en cette superbe journée qu'on a appelée depuis l'apothéose du Cyclisme.

C'était du délire. Tout le monde complimentait, acclamait, embrassait le vainqueur, depuis les officiels de la Tribune d'Honneur jusqu'aux plus humbles véloçards venus à Vincennes.

Tandis que lui pleurait comme un enfant, étonné et ému dans sa modestie, de voir ces vingt mille personnes partager son bonheur et lui témoigner les marques d'une si vive sympathie....

Et le lendemain, son nom tant de fois cité dans la presse, était porté aux nues. Les éloges ne tarissaient pas sous la

plume enthousiasmée des écrivains cyclistes qui le procla-
maient à l'envi le premier sprinter de France....

C'est à ce moment que plusieurs amis, heureux et fiers
autant que moi de sa victoire, me donnèrent l'idée d'écrire
cette brochure où j'aurais exposé, mieux et plus complètement que dans les journaux, sa vie courte par le temps,
mais si bien remplie par les succès et les triomphes.

L'idée, donc, me tentait fort, mais le travail me semblait au-dessus de mon faible talent. Être lu par tous ceux
qui connaissent et aiment Morin, c'est-à-dire par la France
entière, cette perspective m'effrayait....

J'étais sans doute, il est vrai, mieux placé que tout
autre pour parler de lui, étant d'abord son ami d'enfance
et ayant constamment suivi sa fortune, depuis le jour où
il donna son premier coup de pédale, jusqu'au treize
octobre dernier, date à jamais mémorable dans sa vie.

Enfin, cher lecteur, après bien des hésitations, je me
suis exécuté et j'ai écrit, autant avec mon cœur qu'avec
ma plume, les quelques pages que vous allez lire et pour
lesquelles je vous demande d'avance toute votre indulgence.

Je remercie vivement les amis de Morin et toutes les
personnes, tant de Saint-Brieuc que de Paris, qui m'ont
fourni d'une façon si empressée les renseignements qui
me manquaient : ce qui a singulièrement facilité ma tâche.

Puisse cette étude, écrite sans prétention aucune, mais
avec la meilleure bonne volonté du monde, mettre davantage en relief la figure si sympathique du jeune coureur
breton et contribuer quelque peu à sa gloire future !

G. P.

PORTRAIT DU CHAMPION

Est-il bien nécessaire de faire ici le portrait de Morin ?
Le lecteur a déjà aperçu en tête de cet ouvrage sa figure
ouverte et franche, photographiée tout récemment par
Hamonic, l'excellent artiste briochin.

Qui, d'ailleurs, n'a pas eu devant les yeux, par les journaux de sport, les traits du héros du jour ?

Comme dessin et comme expression, Hamonic ne pouvait mieux faire.

Un front haut, que recouvrent au sommet des cheveux
noirs et abondants, frisés en petites boucles et partagés
par une raie impeccable, tracée à droite. De grands yeux
vifs, abrités sous les sourcils noirs comme ses cheveux et
bien arqués. Un nez aquilin, avec les narines un peu
fortes. De la bouche, plutôt moyenne, s'échappe parfois
un gros rire bon enfant, large et sincère, et une exubérante gaieté. Le teint, depuis quelque temps, se rembrunit
par l'effort des courses : c'est le teint des bateliers cesson-
nais, des robustes gars de son pays natal, hâlés par l'air
âpre et salin de la mer bretonne....

Point de ruse, point de malice, dans toute cette physio-
nomie, où se devinent aisément la modestie et la belle
humeur, qui sont les deux traits saillants de son caractère.

Le voit-on sur sa jolie Peugeot, dans sa charmante tenue de course, maillot damier noir et mauve ? On le trouve admirablement bâti ; musclé comme peu de jeunes gens de son âge, à peine a-t-il dépassé la dix-huitième année.

Il a, certes, toutes les allures d'un athlète. Son buste est bien pris, sa poitrine large et ouverte, pleine de souffle, son corps trapu, ses cuisses nerveuses ; ses jarrets d'acier, d'une forme parfaite, donnent aux pédales leur course vertigineuse avec une aisance, une souplesse remarquables.

Sa position en machine est impeccable, et on ne peut plus en rapport avec sa taille moyenne, 1 mètre 65 environ. Elle lui permet de déployer toutes ses qualités de vitesse. La selle est un peu plus élevée que le guidon, complètement engagé dans le tube de direction. Les poignées sont basses, mais disposées de manière à ne gêner en rien l'action des jambes. Ainsi, le corps n'est jamais entièrement courbé, même au plus fort de la lutte.

Il faut voir le jeune champion sur la piste pour admirer la puissance de son action, la grâce de ses mouvements et la beauté incomparable de son style.

Quant à sa pointe finale, de l'avis de tous elle est foudroyante. C'est cette qualité maîtresse qui a attiré sur lui tous les yeux, lors de ses débuts dans la capitale. On pouvait critiquer sa façon de courir, son manque de tactique, son peu d'expérience de la piste ; mais il fallait voir l'esbaudissement des autres, les anciens, quand déjà ce « gamin-là » les réglait au poteau après cent mètres d'un emballage magnifique et irrésistible....

Il y avait dans son allure un sans-gêne si complet et si

peu de recherche, qu'il semblait courir pour son plaisir, sans souci aucun de l'argent ni des honneurs.

Il s'est bien perfectionné depuis cette époque. Grâce à un entraînement régulier et méthodique, il a éclipsé les différentes étoiles de la piste, qui ont pâli une à une devant lui ; grâce à une observation constante et attentive des hommes et des choses, il est arrivé à connaître toutes les roueries du métier de coureur. Ne craignez pas qu'il se laisse maintenant battre par surprise, ni prendre un pouce d'avance dans la ligne d'arrivée.

La course superbe qu'il a fournie au Grand Prix dans un style si impressionnant en est la meilleure preuve.

Enfant et naïf il est apparu, voilà un an, aux sportsmen parisiens ; enfant et naïf il est resté, sauf.... dans les courses. Partout ailleurs vous retrouverez en lui le caractère breton, dans ce qu'il a de primesautier, de loyal et de bon, sans la rudesse et l'entêtement ridicule.

J'ai déjà parlé de sa modestie. On pourrait dire qu'à Paris elle est devenue proverbiale. Elle est pour beaucoup dans la rapidité de sa renommée et la sympathie qu'il inspire à tous.

Parlez-lui de ses courses, de ses succès. Il approuvera de la tête, puis vous remerciera avec une cordiale poignée de main. Pas un mot pour renchérir sur vos compliments, au contraire ; c'est avec la plus grande simplicité qu'il vous expliquera comment il a gagné, et c'est tout ..

Plutôt que de mettre sa victoire en relief, il cherchera souvent à pallier la défaite des autres. C'est ainsi que le soir du Grand Prix, notre confrère Frantz Reichel le happe au moment où il quitte le vélodrome et lui demande à brûle-pourpoint ses impressions dans le virage, après l'arrivée : « Oh ! répond-il, j'étais embêté, embêté, pour ce brave Banker ! »

Ces seuls mots, sortis spontanément de sa bouche, ne donnent-ils pas la mesure de sa bonté de cœur et de sa délicatesse ?

A-t-il subi un échec, il ne récrimine point et ne garde jamais rancune à ses vainqueurs. Je me souviens qu'à la suite du dernier Championnat de France, gagné, on se le rappelle, par Gougoltz, et où Morin partait grand favori, plusieurs journaux créèrent sur les deux jeunes gens, — jusque-là les meilleurs amis du monde, — une légende d'inimitié qui aurait été causée par le dépit de Morin d'avoir été vaincu.

C'était de la pure fantaisie, écho inexact de la grande épreuve, rêve de quelque reporter en quête d'incidents sensationnels.

Quant à Morin, auquel j'en ai parlé depuis, il s'est étonné qu'on se soit ainsi mépris sur ses impressions, car il n'a pas retiré un seul instant son amitié à Gougoltz. Il a été enchanté, au contraire, de son succès : « Il ne faut pas, ajouta-t-il, que le même gagne toujours. »

Morin est donc avec les coureurs, ses confrères, le meilleur des camarades.

J'ajouterai, pour compléter son portrait moral, qu'il a un excellent cœur et qu'il n'oublie pas les bienfaits reçus. Souvent on le voit, dans le courant de l'année, interrompre son entraînement et profiter d'un court intervalle entre deux réunions sportives, pour venir à Saint-Brieuc, serrer la main de ses amis et de ceux qui l'ont initié dans l'art de la vélocipédie.

II

SES DÉBUTS

Né à Saint-Brieuc le 25 août 1877, Ludovic Morin avait exactement dix-huit ans et deux mois au moment de son triomphe du Grand Prix.

Son père, d'abord chef de Bureau à la Préfecture des Côtes-du-Nord, fut nommé successivement Percepteur à Moncontour, à Collinée et à la Barre-en-Ouche (Normandie), où il mourut le 4 mars 1889. Sa mère, restée dans cette dernière localité, revint plus tard à Saint-Brieuc.

A l'âge de huit ans, Ludovic, l'aîné des enfants, fut envoyé pour faire ses études chez son oncle, le sympathique abbé Morin, curé de Matignon (Côtes-du-Nord). Pendant les quatre années qu'il y resta, il travailla avec ardeur et acquit une instruction primaire complète qui lui a beaucoup servi depuis.

Six mois après la mort de son père, il quitta Matignon et revint à Saint-Brieuc. Le 20 octobre 1890, il entra chez son cousin Frédéric Pincemin, négociant rue aux Toiles, pour apprendre le commerce. Il était alors âgé de treize ans.

A ses grands magasins de tissus, F. Pincemin avait adjoint, depuis une dizaine d'années déjà, une Agence vélocipédique où étaient réunies les machines des meilleures marques.

Chaque jour, de nombreux clients venaient faire nettoyer leurs bicyclettes ou exécuter les réparations les plus simples par les dix commis que F. Pincemin avait alors à son service.

Dès cette époque, on ne voyait le jeune Morin à son rayon de châles que lorsque sa présence était absolument nécessaire. Elle y devenait parfois encombrante, car ses aptitudes commerciales ne se développaient guère. Le soin des machines était son occupation favorite et il maniait plus adroitement la clef anglaise que la paire de ciseaux professionnelle.

Il se chargeait de toutes les réparations et les exécutait à merveille parce qu'elles l'intéressaient au plus haut point et que la vélocipédie l'attirait invinciblement.

Une dizaine de machines passaient chaque jour dans ses mains de plus en plus habiles. C'étaient des caoutchoucs pleins et creux, les pneumatiques étaient encore bien rares à cette époque.

Avant de se mettre en selle, il connaissait donc à fond le mécanisme d'une bicyclette. En une demi-heure, il la montait et la démontait avec l'adresse d'un praticien consommé.

Au courant de l'hiver 1890-1891, il se risqua plusieurs fois à enfourcher la bécane récalcitrante ; mais ce n'est qu'en avril 1891 qu'il prit sa première leçon sur le Champ-de-Mars, en compagnie de plusieurs camarades.

Au bout d'une heure, vous pensez bien, « ça y fut ». Il se mit bravement à pédaler et réussit même dans la soirée à descendre sans encombre la côte de Trémuson qui, longue d'un kilomètre et demi, aboutit au Pont des Iles.

A partir de ce moment, il ne rêva plus que bicyclettes et records et dit adieu, sans esprit de retour, aux tissus et aux châles.

Enchanté de constater d'aussi excellentes dispositions chez son jeune cousin, F. Pincemin l'emmena quelques jours plus tard faire une excursion à Quintin, localité située à vingt kilomètres de Saint-Brieuc. Morin montait un méchant caoutchouc plein qui laissait fort à désirer et son patron un caoutchouc creux beaucoup plus confortable.

Arrivés à Quintin au bout d'une heure et un quart, ils s'arrêtent vingt minutes chez Paillardon. Le patron propose alors de pousser jusqu'à Corlay, soit quinze kilomètres plus loin : « Comme vous voudrez, dit Ludovic, je ne suis pas encore fatigué. »

Et pour confirmer ses dires, il pédala fiévreusement tout le long de la route, exécutant plusieurs emballages superbes qui laissèrent son compagnon complètement ahuri d'une pareille vitesse sur une telle « bringue. »

Dans cette première excursion, il couvrit 60 kilomètres et arriva très dispos à Saint-Brieuc, sans avoir été obligé de recourir au « Grand Frère », comme F. Pincemin le craignait d'abord.

Un mois après, il va courir à Pontrieux en compagnie d'Albert Chevalier, comptable de la Maison. Il arrive second dans la course de Juniors et gagne son premier prix, 10 francs, je crois. Le soir, les deux amis furent à Saint-Brieuc à minuit, ayant depuis le matin, quatre-vingts kilomètres dans les jambes.

Quinze jours plus tard, la ville de Quintin, l'une des cités les plus fervemment vélocipédiques des Côtes-du-Nord,

donnait de belles courses et des prix de valeur. Le jeune
Morin enleva brillamment l'épreuve des Juniors et recueil-
lit les bravos enthousiastes de la foule.

Il commençait à se révéler et la précocité de ses différentes performances frappa vivement l'esprit de son patron.
Celui-ci découvrait en Morin l'étoffe d'un excellent coureur
de vitesse. Il l'isola presque complètement, dès lors, de ses
autres employés, et se proposa de l'entraîner dur et ferme
pour la saison de 1893. Il aurait pour ce faire une année
entière devant lui : nous sommes maintenant au mois
d'août 1892.

Moitié par sympathie pour Morin, moitié par amour-
propre commercial, il voulut faire de son cousin le premier
coureur de Bretagne. Or, à cette époque, c'était Pierre
Paillardon, champion de la maison Leker et Sébilleau, qui
détenait en ce pays le record du fond et de la vitesse;
c'était à lui que, chaque année, revenaient les plus beaux
prix.

Elever Morin à la hauteur du redoutable quintinais, arriver
même à le surpasser, telle était l'ambition de F. Pincemin.

Le 27 août 1892, il dota son jeune cousin d'une superbe
bicyclette de course qui roulait à merveille, et lui dit :
« A partir d'aujourd'hui, il faudra t'entraîner tous les jours;
sois sérieux, et l'année prochaine nous gagnerons des prix.
Tu as tout ce qu'il faut pour arriver. Sache vouloir, et tu
arriveras. »

Le lendemain même, à six heures du matin, l'entraînement commençait.

III

L'ENTRAINEMENT

J'ai dit plus haut que F. Pincemin représente depuis quinze années déjà à Saint-Brieuc les marques les plus anciennes de vélocipèdes. Mais ne serait-il pas bon, pour la clarté du sujet, de retracer brièvement le passé cycliste de celui qui fut vraiment le « Choppy Waburton » de Morin, celui qui dirigea avec autant de dévouement que d'habileté les laborieux débuts du jeune champion ?

F. Pincemin, qui le croirait, fut un élève de Ch. Terront. Pendant que ce dernier accomplissait à Saint-Brieuc ses deux années de service militaire, il enseigna l'art de la vélocipédie à plusieurs jeunes gens du pays.

F. Pincemin fut de ceux-là. Il commença à courir en 1883, et, sur son grand bi primitif, remporta plusieurs victoires aux courses estivales de Saint-Malo, de Saint-Servan et de Paramé.

En 1886, époque où l'apparition de la « Reine Bicyclette » vint donner à la vélocipédie un essor nouveau, M. Duncan lui envoya une jolie machine Rudge, la première que l'on vit en Bretagne.

Aux courses de Brest, où il lutta avec elle contre les bicycles, il gagna tous les premiers prix. Quelques mois après, à Rennes, les plus beaux premiers lauriers furent encore pour lui.

Mais F. Pincemin n'était pas seulement un coureur de mérite — qui a eu dans le temps sa renommée locale, — c'était aussi un habile organisateur de courses. Grâce à la bienveillance du Conseil municipal de Saint-Brieuc, l'un des premiers qui favorisèrent le cyclisme, il put donner plusieurs fois sur le Champ-de-Mars de splendides fêtes vélocipédiques auxquelles vinrent prendre part les meilleurs champions de la capitale : Terront, de Civry, Médinger, Charron, etc.

J'ai encore sous les yeux un programme des courses de 1887, comprenant 700 francs de prix dans sept épreuves, dont une pour tricycles, une pour vélocipédistes militaires, et une... pour monocycles.

On voit donc que la cité briochine ne fut pas la moins vélophile de France et qu'elle est bien digne d'avoir donné naissance au gagnant du Grand Prix de Paris.

Mais le zèle de F. Pincemin a été pour beaucoup dans cet enthousiasme ; preuve, c'est que trois mille machines ont été vendues par lui dans le département depuis moins de quinze années. La grande marque Clément, entre autres, doit se féliciter de l'avoir pour agent, car il a contribué pour sa part à élargir la base de la superbe pyramide de vente de cette maison qui compte 50,000 machines en 1895, tandis qu'en 1878, il n'y en a que 34 au sommet.

En résumé, F. Pincemin fut un coureur émérite, et n'a pas cessé d'être un cycliste accompli et un négociant habile. Sous sa direction, Morin ne pouvait donc faire que des progrès rapides.

Disons aussi qu'à l'époque dont nous parlons, la maison Pincemin possédait plusieurs coureurs attitrés. Le premier, Henri Hamonic, était alors en pleine forme et dans le courant de la saison de 1892, avait attiré l'attention générale par de nombreux et réels succès.

Comme tout champion, il avait un amour-propre assez chatouilleux. Aussi F. Pincemin se plaisait-il à lui opposer Morin, novice encore, et à exciter ainsi entre les deux jeunes gens, une émulation salutaire. Jamais ils ne s'entraînaient l'un sans l'autre ; quand l'un avait donné une bonne vitesse, l'autre éprouvait le besoin de fournir une vitesse supérieure.

L'entraînement réel commença le 1er septembre 1892, vers la fin de la saison vélocipédique. Il fut interrompu pendant les quatre mois d'hiver et reprit avec une nouvelle vigueur en 1893.

Chaque matin, à cinq heures, le manager était debout. Après avoir réglé son chronomètre, il allait au lit de ses poulains qui ronflaient encore à poings fermés : « Allons, mes enfants, disait-il, habillons-nous vivement et aux machines ! »

On se dirigeait alors vers la route nationale de Paris à Brest, au lieu dit « Le Point du Jour. » Là, pendant deux heures qui paraissaient souvent bien courtes aux « sujets », on faisait de la vitesse sur un terrain plat et ombragé, d'une longueur de 1,600 mètres, où Ch. Terront lui-même, en 1881, était venu parfois s'entraîner avec F. Pincemin, en vue de matchs de 40 et 50 kilomètres.

Le soir, lorsqu'au magasin la journée finissait, l'entraînement recommençait de six à huit heures. De nombreux cyclistes, professionnels ou amateurs, se dérangeaient pour

2

y assister. Les paris s'engageaient, qui pour Hamonic, qui
pour Morin : l'enjeu consistait ordinairement en une demi-
bouteille de Bénédictine, qu'on allait savourer ensemble
au restaurant voisin. Et ces séances de vitesse, aux crépus-
cules d'automne et de printemps, en face de la grande
mer qu'on aperçoit à l'horizon, de la ville qui envoie ses
derniers murmures, se prolongeaient au milieu de l'émotion croissante des coureurs, des impressions si souvent
détruites et ravivées des spectateurs, se perdant ensuite
en des discussions sans fin sur les mérites respectifs des
jeunes gens et leurs chances d'avenir.

A huit heures, on revenait dîner. Le repas se composait
presque invariablement d'un copieux beefteack saignant et
d'œufs mollets ; cela suffisait pour réparer les forces des
« élèves-champions » et entretenir leur constitution robuste.

A neuf heures, le manager les conduisait dans leur
chambre respective et les enfermait à clef jusqu'à cinq
heures le lendemain : pas de café et de jeu à redouter, pas
de noctambulisme surtout, ce funeste obstacle aux progrès
dans l'entraînement.

Dans les derniers jours de septembre, au cours d'un
accident qui aurait pu avoir les suites les plus terribles,
Morin montra l'adresse surprenante qui le caractérisa toujours dans le maniement d'une machine. Il alliait à cette
qualité un rare sang-froid qui le servit à merveille en cette
circonstance particulièrement grave.

C'était lors de l'apparition de la première triplette à
Saint-Brieuc. Morin, avec deux camarades peu expéri-
mentés, revenait du Portrieux à toute vitesse. L'allure s'ac-
célère davantage à l'entrée de la Côte-au-Roux, et les deux

amis de Morin lâchent, bien malgré eux, les pédales. Impossible d'arrêter la machine non pourvue de frein. Morin dut mettre toute son attention à la diriger dans sa course folle et à éviter soigneusement les voitures si fréquentes dans ce chemin.

La triplette arriva sans encombre jusqu'à l'auberge de la Côte-au-Roux, où la pente est un peu moins rapide sur une centaine de mètres. Morin réussit à tourner le coude que forme la route en cet endroit, mais la satanée machine filait toujours à un train d'enfer.

Au tournant suivant, — la côte n'est qu'une suite de tours et de détours, — il entend, sans l'apercevoir, une grosse charrette qui cahote. Il agite le grelot et prévient de la voix : il crie, crie toujours. Mais vous connaissez ces charretiers ! Le péril augmentant, fait murmurer les deux compagnons de notre héros : « Nous sommes perdus ! disent-ils. — Taisez-vous donc, fit Morin, et un peu de sang-froid ! »

Il n'avait pas achevé que la triplette est à dix mètres en face du véhicule. Un accident mortel peut advenir. Morin ne perd pas la tête. Par un véritable tour de force, il vire adroitement et évite la charrette ; la machine frôle simplement le voiturier ahuri et vient se briser sur un tas de pierres au bord de la route. Mais les trois jeunes gens se relèvent sains et saufs, n'ayant que de légères égratignures aux genoux et aux mains....

Cependant, le 9 octobre, la Société Vélocipédique de Saint-Brieuc, — fondée tout récemment grâce à l'intelligente initiative de M. Bertrand, conseiller municipal et de M. Gendry, de Moncontour, — faisait courir le premier

Championnat des Côtes-du-Nord de 100 kilomètres sur route. Le parcours était fixé de Saint-Brieuc à Plancoët et retour. Hamonic arriva second, mais Morin, ayant eu au départ un accident de machine, dut revenir changer sa bicyclette et perdit ainsi un temps précieux. Il effectua néanmoins le parcours en six heures, bien qu'un vent debout soufflât violemment au retour.

Le jeune homme essaya plusieurs fois depuis les courses de fond, mais ses brillantes qualités n'éclatèrent jamais que dans les épreuves de vitesse.

En mars 1893, il se trouva dans des dispositions tout à fait favorables pour s'entraîner. Ses jarrets peu à peu devenaient plus robustes, et, à force d'énergie et de courage, il arriva l'égal d'Hamonic. Une lutte désespérée s'engagea dès lors entre eux. F. Pincemin la favorisait de tout son pouvoir, mais plus Morin faisait de progrès, plus l'adversaire déclinait, et bientôt aucune comparaison ne demeura possible entre eux, Morin avait gagné la palme.

J'aurais voulu à ce moment prendre les temps de certains matchs qu'ils coururent. Lorsque Morin donnait son suprême effort, il accomplissait de vrais prodiges de vitesse, devant lesquels beaucoup de cyclistes demeureraient étonnés ; Frédéric Pincemin lui-même, qui tenait le chronomètre, preuve matérielle infaillible, ne pouvait en croire parfois ses yeux.

Jusqu'au mois d'avril, l'entraînement se fit sur route. Mais la piste du superbe vélodrome que MM. Leker et Sébilleau faisaient construire, étant presque terminée, F. Pincemin résolut d'y conduire matin et soir ses coureurs. Au Beau-Feuillage, sans doute, seraient célébrées toutes les fêtes vélocipédiques de l'année. Il fallait habituer Morin et Hamonic aux virages relevés et aux longues lignes de la piste, où ils pourraient fournir une vitesse plus grande et plus facilement appréciable que sur route.

Tous les jours donc, « l'écurie Pincemin », comme l'on disait, composée de Morin, Hamonic, Domalain, Joncours et Ravoux, faisait son apparition au Vélodrome. Et pendant une heure, quelquefois deux, ils tournaient, tournaient jusqu'à ce que les maillots fussent trempés et les fronts perlés de sueur.

Le 29 avril, Morin fit le tour de piste (400 mètres), en 31 secondes.

Comme on le voit, il était en pleine forme et allait sous peu donner du fil à retordre aux meilleurs adversaires.

IV

PREMIERS SUCCÈS. — 1893

Nous voici à l'ouverture de la saison vélocipédique de
1893 ; notre jeune champion va cueillir ses premiers lauriers, et il n'a pas encore atteint sa seizième année.

A *Rennes,* aux grandes courses du 16 mai, nous assistons
au début de ses exploits. Sa réputation naissante franchit
ce jour-là les limites de son département natal et grandit
encore aux acclamations d'une foule immense de cyclistes
et de curieux.

La journée ne fut pas aussi belle que l'eussent désiré les
organisateurs, mais l'enthousiasme était grand, à coup sûr,
au Champ-de-Mars rennais, transformé en magnifique piste
circulaire.

Morin, sans doute, ne remporta pas les premiers prix ;
pour son apparition en piste, c'eût été trop demander.
Mais il dépassa avec une grande facilité les coureurs régio-
naux de second ordre, parmi lesquels il était naturel de le
classer, car il n'avait encore pris part à aucune épreuve
importante. Cette journée fut donc pour lui un véritable
succès.

Dans le Championnat de Bretagne, il arrive troisième,
après Pierre Paillardon — que j'ai déjà présenté au lec-

teur — et l'excellent Jarrier, de Rennes. Il triomphe ainsi
de Berhault, Louis Paillardon, Hamonic et Saint-Gal, résultat qui dépassait l'attente des plus favorables prophètes.
Cette course le fit remarquer des spectateurs qui ne con-
naissaient encore son nom que par la nomenclature du
programme.

Mais, au milieu de l'attention générale, soudain les
applaudissements éclatent, bruyants et nombreux. C'est
la fin de la 2e Internationale : son maillot noir et jaune
passe de nouveau troisième au poteau, après Girardin, de
Paris, et Betton, un coureur de mérite.

Ce ne fut pas là un feu de paille, car les succès conti-
nuent et se multiplient.

En effet, huit jours après, à *Moncontour*, il se classe
deux fois second, suivant Jarrier à une longueur, dans
l'Internationale et dans l'Honneur.

Le 16 juillet suivant, c'était l'inauguration du Vélodrome
de *Saint-Brieuc*. Morin fut vraiment le héros de la journée
et goûta pour la première fois les douceurs du triomphe,
triomphe mérité, du reste, car il battit à deux reprises
Chéreau, un ancien champion de France, et les coureurs
Gaby et Echalié, venus de Paris.

Par un effort final superbe, il arrive second dans l'Internationale, roue dans roue avec Alderton, premier; Chéreau
troisième, est distancé de deux longueurs au moins. Le
public, émerveillé, fait éclater les bravos, et tout d'une
voix s'élève le cri si souvent répété depuis de : « Vive
Morin ! »

Quant au vaillant Chéreau, ahuri de sa défaite, je l'en-
tendis demander à quelqu'un après la course : « Quel est

donc ce gamin-là qui vient de me battre ? — C'est Morin,
lui répondit-on. — Morin ! mais j'ignorais encore ce
nom-là ! »

Le sympathique coureur nantais, énervé sans doute, se
laissa surprendre une seconde fois à la Régionale. Morin
gagna dans un *rush* formidable, clouant sur place Hamonic, Berhault et Chéreau. Celui-ci, il est vrai, se réhabilita
dans l'Honneur, mais sa victoire fut facile, le jeune breton
n'ayant effectué que la moitié du parcours.

A l'issue des courses, les prix furent distribués par feu
le général Belin et M. Baratoux, maire de Saint-Brieuc, qui
avaient accepté la présidence d'honneur de la fête. Tous deux
félicitèrent chaudement Morin, en lui remettant les quatre
prix, dont trois premiers, qu'il avait si brillamment gagnés.

Le 24 juillet, *à Lamballe*, il ne fut pas aussi heureux.
La piste, dangereuse et mal faite, ne lui permit pas d'utiliser tous ses moyens et occasionna même sa défaite dans
la Régionale.

Au 2ᵉ tour, en effet, il veut mener le train et augmente
sa vitesse. Mais pour ne pas briser sa machine et peut-être
lui-même contre le pignon d'une maison, donnant sur le
bord de la piste, il vire brusquement et renverse deux
coureurs, Saint-Gal et Berhault. Ce dernier se blesse sérieu-
sement dans la bagarre. Quant à Morin et Saint-Gal, ils en
sont quittes pour la peur.

Cette chute, néanmoins, paralysa ses efforts dans la
Nationale, enlevée par Sorin. Il ne se reprit que dans la
Départementale où il arriva premier avec une aisance très
grande. Dans la course des Primes au poteau, il s'adjugea
les cinq premières avec la même facilité.

Je passerai sous silence les courses de *Binic*, *Plouha*, *Bégard*, *Lannion*, petites réunions locales où il eut raison de tous ses adversaires.

Pour établir sa supériorité dans le Département et réaliser le rêve de F. Pincemin, il lui restait encore à vaincre P. Paillardon, comme il avait vaincu les autres. Or, depuis les courses de Rennes, une grave blessure au genou avait tenu le coureur quintinais loin de la piste.

Le 6 août, *à Guingamp*, ce dernier se décida cependant à courir.

Mais, fâcheuse réminiscence des fêtes de Lamballe, la piste — si l'on peut décorer de ce nom un terrain en pente, exigu, où les virages sont des casse-cou — la piste, dis-je, était déplorable. Aussi les épreuves de cette journée ne permirent pas d'établir entre les deux adversaires une comparaison quelconque. Jugez plutôt :

A la Départementale, Morin tombe et se blesse. Paillardon arrive premier.

A la Nationale, Morin court malgré sa blessure. Il arrive deuxième, Paillardon est premier.

A l'Honneur, Morin et Paillardon tombent tous deux. Letertre gagne facilement. Dans sa chute, Paillardon rouvre sa blessure du genou qui, à peine cicatrisée, redevient béante et le retient plusieurs semaines au lit.

Le 13 août, à *Quintin*, Morin remporte tous les prix, excepté l'Honneur, auquel un accident de machine l'empêche de prendre part.

Ce succès marque la fin de son séjour à la maison Pincemin, où il était entré trois années auparavant et où il avait accompli, on peut le dire, son *stage* vélocipédique.

Le 1ᵉʳ septembre, MM. Leker et Sébilleau, concurrents de F. Pincemin, le recevaient à bras ouverts et avec les égards dus à un coureur d'avenir.

Malheureusement, l'année 1893, si bien commencée pour lui, se termina par deux défaites.

Le 10 septembre, une grande fête sportive eut lieu au Vélodrome. Chéreau, qui avait encore sur le cœur son échec de juillet, vint à Saint-Brieuc dans l'intention de le venger. Il battit, en effet, Morin à la Régionale, à l'Internationale et à l'Honneur. Dans ces trois épreuves, notre ami se classa deuxième, et ce ne fut qu'à la Départementale qu'il put s'offrir un succès.

D'autre part, le 29 octobre suivant, il eut le tort de s'engager dans le Championnat des Côtes-du-Nord de 100 kilomètres sur piste. Cette épreuve de fond ne convenait guère à la nature de ses moyens. Elle fut, d'ailleurs, contrariée par une pluie fine qui tomba pendant plusieurs heures et un vent violent qui paralysait l'effort des coureurs.

Morin, trempé, harassé, dut abandonner au 50ᵉ kilomètre, à la grande joie de quelques jaloux, qui auraient voulu faire oublier ses récents succès par cette volontaire défaite.

Le jeune coureur leur montrera bientôt « qu'une fois n'est pas coutume. »

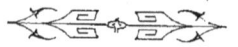

V

LE CHAMPION DE BRETAGNE. — 1894

Que l'on compare les victoires remportées par Morin en 1893, avec celles de sa campagne vélocipédique de 1894, on sera frappé des progrès immenses accomplis durant cette année.

Il affirme d'abord sa supériorité sur tous les coureurs de l'Ouest, sauf Chéreau, qu'il réussit cependant à égaler. Quant à Paillardon, Betton, Jarrier, Tranchant, Hamonic, tous ses aînés dans le sport cycliste, il les bat à chaque rencontre avec un brio, un sans-gêne, pourrais-je dire, vraiment surprenants.

Cette forme si constamment remarquable, il la dut surtout à l'entraînement sévère auquel il s'astreignit pendant toute la saison. En Bretagne comme à Paris, il posséda toujours sur beaucoup de ses concurrents, l'avantage et le mérite de rester sérieux, désireux avant tout de conserver son énergie et sa vigueur. Maintes fois, il courut dans les grands centres où les occasions de s'amuser s'offrent à chaque pas. Mais, au lieu de fêter bruyamment et copieusement sa victoire, il ne demeurait que le temps strictement nécessaire. Dès le lendemain matin, il était de retour à Saint-Brieuc ; puis, quelques heures après, frais et dispos, il allait rouler au Vélodrome et se préparer pour les épreuves futures. L'entraînement lui semblait une chose si indispensable que le jour où, par hasard, il l'avait manqué, il eût dit volontiers, le soir, comme l'empereur romain : « *Diem perdidi.* »

Qu'on me permette, à ce propos, une petite anecdote :

Au matin des Grandes Courses de Rennes de 1894, une dizaine d'amis, au total, prenaient le train de six heures avec Morin. Pendant tout le trajet, celui-ci se montra le plus endiablé de la bande, ce qui n'est pas peu dire en si joyeuse compagnie. Enfin, ils arrivent dans la grande ville où ils font un déjeûner substantiel, sinon luxueux, et prennent la direction du Champ-de-Mars. Les courses se passent le mieux du monde pour notre champion qui, la joie au cœur et le sourire aux lèvres, dîne avec ses amis à l'Hôtel Continental. Là, plusieurs membres du Véloce-Club Rennais congratulent Morin à qui mieux mieux, et invitent les Briochins à venir tous en chœur au punch qui, le soir, devait couronner cette belle journée.

Personne, en effet, n'y manqua... sauf Ludovic. Malgré toutes les instances, il avait pris le dernier train, pour arriver à onze heures à Saint-Brieuc.

Quant aux autres, je ne vous conterai pas tout ce qu'ils firent après le punch, je vous dirai seulement qu'à trois heures du matin les becs de gaz éclairaient encore leurs frasques nocturnes. Ils attrapèrent, je ne sais comment, le train de cinq heures, et aussitôt installés, ils ronflent comme des locomotives...

En descendant à Saint-Brieuc, qui aperçoivent-ils sur le quai, après avoir frotté leurs yeux cernés et encore pleins

de sommeil ? Ludovic lui-même qui, la figure souriante, la
main tendue, les invite à savourer le moka chaud qu'il avait
commandé pour eux au buffet de la gare : c'était sa façon
à lui de fêter sa victoire de la veille ; n'était-ce pas aussi
la meilleure et la plus agréable pour ses amis et pour lui !

Cette fois encore, les moins sérieux se virent obligés
d'approuver son départ inopiné qui lui avait permis de
dormir tranquille et même de faire deux heures d'entraînement avant leur arrivée.

A propos d'entraînement, je dois ajouter quelques mots.
Tant qu'il resta chez MM. Leker et Sébilleau, les facilités
les plus grandes lui furent données pour perfectionner sa
forme. Coureur, il l'était avant tout et non employé de
magasin comme autrefois. Maître absolu de son temps, il
en usait à son gré. Lui prenait-il fantaisie d'aller au Vélodrome ou ailleurs ? C'était approuvé d'avance. Loin de
contrecarrer ses désirs, ses directeurs allaient plutôt au-
devant.

Au point de vue des machines, rien non plus ne lui était
refusé. Il en avait constamment trois ou quatre à sa dispo-
sition, sans compter celles que lui envoyaient les maisons
de Paris et qui lui appartenaient en propre. De cette façon,
un accident de machine ne l'arrêta jamais dans aucune
course de cette année, grand avantage surtout pour un
coureur de province.

Telles sont les conditions excellentes dans lesquelles
Morin se prépara aux courses de 1894 ; nous allons voir
que ses efforts furent couronnés de succès. La plupart de
ses victoires sont si éclatantes, qu'elles nous dispensent de
tout commentaire.

Le 3 mars, il ouvre la saison vélocipédique en portant un défi à tous les coureurs de l'Ouest, pour une distance de 10 kilomètres sur piste, avec un enjeu de 200 fr.

J. Tranchant, d'Angers, une des meilleures pédales de la région, accepte le match en ajoutant 100 fr. à l'enjeu.

Le 18 mars, la rencontre a lieu au Vélodrome de *Saint-Brieuc,* par un temps superbe, mais un peu froid. Les deux adversaires mènent successivement le train. Au dernier virage, Morin se trouve un peu en arrière de son adversaire qui emballe tout à coup. Morin le suit et, dans un magnifique sprint, le dépasse de 20 centimètres au poteau. Naturellement, après cette victoire, applaudissements, ovation faite au jeune coureur par le public.

Le 29 avril suivant, *à Nantes,* il arrive troisième dans la Grande Internationale, derrière Vasseur et Pelletier, et devant Girardin et Fortuny.

Le 26 mai, *à Angers,* il se classe deuxième dans le Championnat de l'Ouest, superbe épreuve enlevée par Chéreau. Il gagne brillamment la 2e Internationale.

Mais il ne va pas tarder à se rattraper. Sept jours après, *à Rennes,* il rachète en effet sa défaite de Nantes, en gagnant dans un beau style, le Championnat de l'Ouest. Dans la deuxième Internationale, il arrive second, derrière Lemanceau. Dans la Régionale, il laisse sur place Jarrier, Paillardon, Hamonic.

Le 23 mai, *à Moncontour,* il gagne la course principale et le Handicap.

Le 27 mai, *à Saint-Brieuc,* il s'adjuge le Championnat des Côtes-du-Nord de vitesse, où Paillardon arrive second. Morin est également premier aux Tandems et à l'Honneur, et deuxième dans l'Internationale, derrière Chéreau et devant Paillardon. Le résultat, depuis si longtemps cherché, est enfin définitivement atteint.

Le 17 juin, encore *à Saint-Brieuc*, il s'attribue la part du lion : tous les premiers prix sont pour lui, Internationale, Tandems et Honneur.

Ici, je placerai un incident plutôt comique :

Après les courses de vélos, si bien menées, des courses d'ânes complétant la fête, furent organisées pour amuser le public. Les lauréats de la journée se firent un plaisir de monter les bardos, où ils se sentaient pourtant bien moins à l'aise que sur leur selle habituelle, mais n'est-ce point dans le changement que se rencontre le véritable plaisir.

Je vois encore un des commissaires des courses aligner les baudets : « Un, sortez. Cinq, rentrez. Deux, rentrez de votre personne ! »

Le starter, cependant, abaisse le drapeau. Ils partent, mais, au bout de quelques pas, le grison de Morin, très rétif, jette violemment son cavalier par terre. Une pelle magistrale, inoffensive d'ailleurs, s'ensuit, pendant que toute la foule rit aux larmes... Inutile d'ajouter qu'un succès de cavalier ne vient pas grossir le nombre de ceux du vélocipédiste.

Le 15 juillet, *à Lamballe*, Morin ne peut trouver un adversaire sérieux : Lisez plutôt les résultats :

Régionale : 1ᵉʳ Morin, 2ᵉ Paillardon, 3ᵉ Jarrier ;

Départementale : 1ᵉʳ Morin ;

Internationale : 1ᵉʳ Morin, 2ᵉ Jarrier ;

Tandems : 1ᵉʳˢ Morin-Paillardon.

Il en est de même le 26 août, *à Lannion* :

Internationale de vitesse : 1er Morin ;

Internationale de fond, 10,000 mètres : 1er Morin, 2e Paillardon.

Au commencement de septembre, il va courir et gagner sur le Vélodrome de Rennes, un match avec Jallu, de Paris.

Quelques jours après, à la station balnéaire de *Dinard,* il se fait applaudir par tout le *high-life* parisien, sur le point de dire adieu à la côte bretonne. Il gagne l'Internationale, les Tandems et l'Honneur.

Enfin, son dernier succès de l'année est *Guingamp,* où il ne laisse aucun premier prix à l'encan.

Pourquoi faut-il que je termine cette longue nomenclature de succès par un revers ?

Cette année encore, Morin voulut partir dans le Championnat de Bretagne, de 100 kilomètres, couru sur le Vélodrome de Saint-Brieuc, le 7 octobre. Le Tertre mène le train ; malheureusement, au deuxième tour, il tombe, entraînant dans sa chute Morin et cinq autres coureurs.

Les cinquante premiers kilomètres furent couverts en 1 h. 28, par Le Veler et Jarrier. Un instant après Morin, qui avait regagné le tour perdu, fut obligé d'abandonner la course à la suite de deux accidents survenus aux machines qu'il montait.

Cette défaite eut au moins l'avantage de le guérir pour toujours des courses de fond, résultat appréciable, puisqu'il nous a conservé et nous conservera longtemps encore notre prestigieux sprinter.

L'année 1894 est terminée. Elle a été très fructueuse pour Morin qui a vu la somme de ses prix se monter à 3,000 francs environ.

Nous entrons maintenant dans une phase toute nouvelle de sa vie, la phase de ses prodigieux succès, celle qui nous conduira jusqu'au Grand Prix de Paris.

VI

PARIS ! — LES PREMIÈRES COURSES

L'année 1894, nous venons de le voir, n'a été pour Morin qu'un long triomphe. Dans la Bretagne entière, il ne trouve plus un seul adversaire digne de lui : tous les jurys peuvent le mettre hors concours, tant il se montre supérieur aux autres coureurs qu'on lui oppose. Mais des succès aussi faciles ont bien peu de valeur à ses yeux, car

A vaincre sans péril, on triomphe sans gloire.

Il lui faut désormais des adversaires plus sérieux, des épreuves plus difficiles, des courses dont la renommée dépasse la limite de sa province. Il lui faut Paris ! Paris, c'est son rêve. C'est là que l'artiste expose ses tableaux, que l'écrivain de talent édite ses œuvres, que le champion dont la vertigineuse vitesse a ébloui ses compatriotes, va chercher la popularité et la fortune.

C'est de Paris que partent les rayons des étoiles qui brillent pour éclairer le monde. C'est là que, de tous les points de l'univers, se donnent rendez-vous les sprinters émérites et le triomphe du vainqueur, célébré et propagé par la presse entière, est lancé à tous les échos.

Paris tentait donc Morin, et avec juste raison. Quel avantage trouverait-il, en effet, à rester en Bretagne. Sa forme déclinerait peu à peu ; certain d'avance du succès, il s'entraînerait peu ou prou. Faute d'émulation, ses excellents moyens ne pourraient s'utiliser.

Premier il était en Bretagne, premier il voulut être à Paris. Il avait conscience de sa force et ne calculait pas à l'aventure. Il partit donc, l'espérance au cœur, cette espérance qui triple le courage et donne de l'audace...

Il s'arrête à Rennes. Là, il sollicite la protection d'un homme dévoué qui avait su .l'apprécier déjà, M. Sicot, l'habile directeur de la succursale de la Maison Peugeot.

M. Sicot le reçoit avec la plus grande cordialité et consent à l'accompagner à Paris.

Ils partent ensemble. C'était au moment où le Salon du Cycle étalait au Champ-de-Mars toutes les merveilles de l'industrie vélocipédique.

M. Sicot s'y rend avec son jeune protégé qu'il présente à MM. Peugeot frères.

Sur sa recommandation, ces Messieurs admettent Morin à faire partie de leur maison comme coureur attaché à la Direction de Paris.

Trois mois environ restaient encore au jeune homme pour se préparer aux courses du printemps de 1895. Il mit de toute son ardeur ce temps à profit, travaillant sans bruit, à la perfection de sa forme. Il éprouva à diverses reprises, comme tout Breton perdu dans la grande ville, le mal.du pays ; mais cette affection fut bien vite dissipée, grâce aux raisonnements qu'il se fit sur les multiples avantages qu'il avait à demeurer dans la capitale et aux sympathies qui l'y entourèrent dès les premiers jours.

Sa course de début, au Vélodrome d'hiver, le *10 mars*, fut un handicap de 900 mètres, prix Lacy-Hillier, où il partit avec 75 mètres d'avance et qu'il gagna assez facilement. La seconde, du *24 mars*, prix Mousset, fut encore un handicap où on lui rendit seulement 50 mètres. Il arriva cette fois second.

Ces deux épreuves suffirent pour qu'on s'occupât, ou même qu'on s'inquiétât de lui. Plusieurs notabilités du sport cycliste, H. Desgrange, Paul Bernard, E. Mousset, s'intéressèrent au jeune provincial, et lui, se sentant soutenu, fit des efforts encore plus grands pour mériter la protection qu'on lui accordait.

Je ne m'attarderai pas à faire dans ce chapitre et dans les suivants, le récit de tous les incidents qui marquèrent ses nombreuses courses. Le cadre de cet ouvrage est trop restreint pour me permettre de pareils développements. Je m'attacherai seulement à commenter ses succès dans les principales épreuves.

A l'aide de ce tableau absolument complet, quant au nombre des courses et à la somme des prix, nous pourrons établir pour toute l'année 1895 une curieuse statistique. Les défaites comme les victoires y sont toutes mentionnées et la recette en prix pourra être déterminée à quelques centaines de francs près.

Le *14 avril* a lieu la première réunion de l'année au Vélodrome Buffalo. Dans la finale du prix de Courbevoie, scratch de 2,000 mètres, il arrive premier, battant facilement Vigneaux, Vasseur et Kuhling, non placé. Prix : 150 francs.

Le même jour, il gagne avec Jacquelin la dernière
manche de la Course-poursuite. Tandems, contre l'équipe
Leneuf-Max. Prix : 100 francs.

Le *15 avril*, encore à Buffalo, il court le prix de Hern-
Hill, handicap de 1,400 mètres, avec une avance de 50
mètres. Il arrive premier dans la finale, devant Soibud,
Max et Germain. Prix : 300 francs.

Le même jour, il se classe troisième dans le Prix Spring-
field, 1 quart de mille (402 mètres), couru par séries. Prix :
80 francs.

Dès ce moment, Morin a acquis droit de cité à Paris ; il a
déjà battu plusieurs coureurs de second ordre. Avant de
s'attaquer aux sprinters en vue, il va commencer dans sa
nouvelle forme, sa forme *parisienne*, on peut le dire, une
tournée très fructueuse et très glorieuse aussi en province.
Plusieurs fois il rencontrera des adversaires réputés et les
battra facilement.

Il commence, le *21 avril*, cette série de succès aux
grandes courses de Caen. Il gagne brillamment l'Internationale et arrive premier dans l'épreuve du tour de piste,
333 mètres, qu'il parcourt en 24' 1/5. Prix : 200 francs.

Entre temps, les *25 et 28 avril*, à Buffalo, il partage
deux premiers prix avec Jacquelin et Antony dans le kilomètre à tandem. Prix : 50 francs.

Le *5 mai*, il vient courir à Rennes. Les résultats se
passent de commentaires : Internationale, 1er Morin. —
Régionale, 1er Morin. — Internationale-Tandems, 1ers Morin-
Denesle. — Honneur, 1er Morin.

Engagé dans le Championnat de Bretagne, il s'arrête
après quelques tours. Total des prix : 425 fr.

Le *12 mai,* sa présence à Saint-Brieuc donne à la réunion sportive du Vélodrome, un attrait nouveau. Comme
à Rennes, il gagne toutes les épreuves. Total des prix : 225 fr.

Le *19 mai,* à Rennes encore, il bat dans l'Internationale
Verheyen et Fournier. Dans la course de Tandems, il
arrive 1er avec Paillardon. Prix : 425 fr.

La journée du *23 mai,* à Angers, fut pour lui une des
plus glorieuses de l'année. Il triompha, en effet, dans le
Championnat de l'Ouest — qui lui appartenait déjà depuis
1894 — de Fournier à une roue, Fortuny à une longueur
et Montreuil.

Dans la Grande Internationale de 7,000 mètres, il eut
facilement raison de Gougoltz, Fournier et Antony. Total
des prix : 700 fr.

Trois jours après, le *26 mai,* il revient cueillir de nouveaux lauriers à Angers, qui est décidément pour lui une
ville prédestinée. Après avoir rejoint Fournier, qui avait
un demi-tour d'avance dans l'Internationale, il le bat
à l'emballage et remporte avec Fortuny l'épreuve des
Tandems. Prix : 650 fr.

Ce succès fut d'autant plus méritoire que, deux jours
auparavant, Morin avait été victime, sur la piste de Saint-
Brieuc, d'un accident. A l'entraînement, il se faisait tirer
par ses amis Jobert et Tocqué, en tandem. Après un
bon travail, il voulut faire un tour de piste à toute allure
et chargea M. Leker de le chronométrer. Au virage,
la vitesse du tandem était si grande, qu'une des pédales
toucha le sol, et l'équipe ramassa une pelle formidable.
Morin, qui suivait à une roue, passa sur ses camarades ;
en tombant, il se fit une assez grave blessure au genou.

Elle était à peine pansée quand il repartit pour Angers où il lutta malgré la douleur.

· Morin revint à Paris vers les derniers jours de mai et prit part à trois réunions de Buffalo, les 2, 3 et 6 juin. Il gagna en tout un prix de 75 fr. dans une Internationale où il arriva premier dans sa série. Par ailleurs, il ne put réussir à se classer. Ce déclin de forme s'explique par la fatigue que lui avait occasionnée sa laborieuse tournée en Bretagne.

Mais il ne va pas tarder à racheter ces défaites.

Le *9 juin,* au Vélodrome de l'Est, où la réunion était brillante, malgré la concurrence du Grand Prix de Longchamp, il battit pour la première fois Jacquelin, que l'on considérait à ce moment comme notre premier coureur de vitesse.

C'était à l'épreuve du Quart de mile (402 mètres). Dans la première demi-finale, où il court avec Jacquelin et Gougoltz, Morin gagne de dix centimètres, après un emballage étourdissant. Jacquelin tenait cependant la tête au dernier virage et avait même près d'une longueur d'avance sur lui.

A la Finale, Morin gagne nettement d'une demi-roue sur Mercier et Muringer.

Ce fut au tour de Jacquelin de le battre dans la Course Nationale de 2,000 mètres, qui eut lieu quelques instants après. Morin, qui ne possédait pas encore tous les secrets de la tactique, ne sut pas se placer avant d'arriver au dernier virage et malgré tous ses efforts, n'arriva que second à un demi-quart de roue, devant Muringer et Gougoltz. Total des prix : 350 fr.

Cependant, cette journée fit de Morin l'égal de Jacquelin. Quant à Gougoltz et à Muringer, le jeune breton, en
les battant à plusieurs reprises, s'était déjà montré supérieur à eux.

Dans les courses à venir, Morin, Jacquelin et Gougoltz
se partageront les succès jusqu'au Championnat de France
où il étonnera tout le monde par sa victoire inattendue et
fera reposer quelques instants sur lui l'espoir des cyclistes.

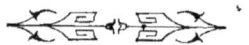

VII

LES SUCCÈS DE 1895

La série de courses que nous allons examiner n'est qu'une longue irrégularité, dans la forme encore indécise de Morin. Chacun de ses succès, parfois éclatants, est immédiatement suivi d'une surprenante défaite.

On croirait assister au jeu du nageur habile qui, luttant contre les vagues, disparaît tout à coup, et fait le mort. Mais un instant après, il revient à la surface et défie de nouveau la mer démontée.

Cependant, lorsqu'on observe de près ces diverses performances de Morin, on ne les attribue ni à l'habileté, ni au hasard. Ses défaites, il les doit à son manque de tête, à son défaut d'expérience de la piste. Comme je l'ai déjà dit, il ne sait pas prendre une bonne place quand il a affaire à de nombreux concurrents, quand la piste est encombrée.

D'autre part, son style étourdissant, sa pointe finale formidable aura raison des meilleurs tacticiens dès qu'elle pourra se produire à l'aise. C'est la cause de ses victoires.

Ceci dit, continuons le récit de ses courses.

Enhardi par son triomphe du 9 juin, qui vient de le classer parmi nos grands coureurs, Morin va se mesurer avec Jacquelin, le 16 juin, au Vélodrome de Bordeaux-

Mondésir. Il est premier dans la course de Juniors, battant Gougoltz. Dans l'internationale il gagne sa série, mais succombe derrière Jacquelin à la finale. Prix : 150 fr.

Le *20 juin*, à Buffalo, la journée est pour lui très mauvaise. Il court le prix de Boulogne sans résultat. Après avoir gagné sa série, malgré une belle attaque de Grandjean, il est assez mal placé à la finale et se voit dans l'impossibilité de lutter. A l'emballage il est dépassé par Muringer, Gougoltz et Dumond.

Le même jour, il s'adjuge facilement le prix de Saint-Cloud, réservé aux coureurs non placés dans le prix de Boulogne. Après avoir viré en quatrième position, il est premier par une épaisseur de pneumatique, devant Denesle et Mercier. Prix : 80 fr.

Le *23 juin*, à la Seine, nous notons une défaite et une victoire. Dans le Prix de Liège, 2,000 mètres, Morin arrive troisième, derrière Banker et Jacquelin et devant Protin, le fameux champion belge, dont la présence à Paris était un événement pour le monde cycliste.

Mais à l'épreuve suivante, prix de Charleroi, il triomphe brillamment de Muringer, second, et de Jacquelin, troisième. Pour excuser la défaite de ce dernier, on mit en avant les nombreuses courses qu'il venait de fournir et qui l'avaient fatigué. N'empêche que, cette fois encore, Morin attira sur lui tous les yeux et confirma sa réputation déjà universelle.

Total des prix de cette journée : 300 fr.

Le *27 juin*, à Buffalo, il est non placé dans le prix de Compiègne, gagné par Jacquelin. Dans l'épreuve de Tandems, prix de Fontainebleau, il arrive 2ᵉ avec Farman. Prix : 60 fr.

Le *30 juin*, à Bordeaux, Protin devait courir son match avec les frères Loste. Morin, qui voulait se rencontrer avec le champion belge, battu par lui le dimanche précédent, se rendit au Vélodrome de Mondésir.

La finale de la Grande Internationale les mit en présence, ainsi que Dumond et plusieurs autres coureurs. Protin battit difficilement Morin d'une demi-roue, à tel point que pendant un instant, le public applaudissait Morin comme vainqueur.

Sa défaite de ce jour-là valait plus qu'une victoire. Protin, en effet, battu par surprise le 23 juin, s'était repris et marchait merveilleusement à Bordeaux. Il disait après la course : « Je ne regrette qu'une chose : C'est que ma victoire sur Morin ne sera pas comptée à sa juste valeur. Vous ne savez pas en France ce que vaut ce gamin-là. »

Morin émerveilla le public dans la course de Juniors, où il laissa sur place Leneuf, Guerry et Fortuny. Prix : 300 fr.

Pendant que la presse commente ses succès en des articles élogieux, le jeune champion se dérobe aux félicitations des Parisiens et vient passer trois semaines en Bretagne.

Le *7 juillet*, il prend part aux courses de Brest, où il ne trouve aucun concurrent de valeur suffisante. Il gagne facilement toutes les épreuves : Régionale, Internationale, Primes au poteau. Il enlève la course de Tandems avec son ami Tocqué. Prix : 430 fr.

A Morlaix, le *14 juillet*, par suite d'une mauvaise organisation, il n'arrive que deuxième à la Régionale. Aux Tandems, il est premier avec Tocqué. Il gagne l'Internationale ayant un tour de piste d'avance sur ses concurrents. Prix : 250 fr.

Le 26 juillet, il revient à Paris dans une forme splendide qu'il perfectionne encore par trois jours d'entraînement. Nous allons le voir continuer ses merveilleux exploits dans les matchs internationaux.

VIII

LES MATCHS INTERNATIONAUX

Le lecteur, sans doute, s'est déjà rendu compte que, comme le héros de Corneille, Morin pour ses coups d'essai, veut des coups de maître. Il s'en convaincra davantage après le rôle merveilleux que va jouer le jeune champion dans le match franco-anglais.

Cette épreuve internationale consacrera définitivement sa haute qualité. Il sera de taille, désormais, à lutter contre tous les coureurs français, voire même européens, car des huit champions qui étonnèrent ce jour-là par leurs prouesses l'immense assistance du vélodrome de la Seine, ce fut lui qui déploya à la fois le plus de tactique et de vitesse. On admira les progrès énormes qu'il avait accomplis et ceux qui marqueraient bientôt l'apogée de sa forme. On avait confiance dans le champion de l'avenir.

Aguerri par ses précédentes courses, où il avait lutté un peu en novice, Morin est devenu, en effet, maître de lui. Il se tient maintenant sur ses gardes ; et tout en ayant confiance dans sa force, se défie de ses concurrents.

Ce n'était cependant pas une besogne facile que d'infliger un échec à des adversaires comme ceux qui composaient le team anglais : Barden, un valeureux sprinter qui avait fait depuis longtemps ses preuves et qui venait de battre

Jacquelin le 14 juillet, dans une épreuve des plus régulières ; Harris et Edwards, si remarquables par leur habileté
et leur parfaite connaissance de la course, qui avaient eu
raison eux-mêmes, l'année précédente, de tous nos coureurs ; Schoffield, enfin, remis d'une récente indisposition,
était aussi grandement à redouter.

Le match fut couru en quatre manches, le 28 juillet, au
Vélodrome de la Seine.

Dans la première manche, Morin et Muringer sont oppo-
sés à Harris et à Schoffield. Voici les résultats :

1er *Morin*, 2e Muringer, 3e Harris, 4e Schoffield.

Points : *Français*, 3 ; *Anglais*, 7.

Après les deux premiers tours très lents, Morin prend la
tête ; au dernier tour, Harris le remplace, mais, avant le
virage, Schoffield est devant, d'une longueur et gêne Harris
et Morin. Le premier fait une embardée, mais le second
réussit à se dégager, passe devant Muringer et le précède
de plusieurs longueurs au poteau.

Morin est vivement applaudi.

A la troisième manche, Morin et Muringer luttent contre
les deux autres anglais, Edwards et Barden. La victoire de
Morin est encore plus éclatante.

Résultats : 1er Morin, 2e Barden, 3e Muringer, 4e Edwards.

Points : *Français*, 4 ; *Anglais*, 6.

Morin, toujours défiant, prend d'abord la précaution de
se placer. Quand la cloche sonne, Edwards emballe et
mène le train ; puis, il cède la place à Barden, derrière
lequel Morin se place au virage. La lutte entre les
deux champions a lieu dans la ligne d'arrivée ; mais Morin,
dans un rush formidable, arrive premier au poteau, qu'il

passe relevé, tandis que Barden et Muringer luttent déses-
pérément pour la seconde place.

Inutile de décrire l'enthousiasme du public et les applaudissements qui saluèrent la victoire de Morin.

L'équipe française sortit victorieuse du match avec un
avantage de 12 points sur les Anglais. Mais le succès de la
journée, tout le monde le reconnut, était dû en grande
partie à la brillante conduite du jeune Breton. Total des
prix : 600 fr.

Dès ce moment, Morin fut considéré comme notre champion incontesté, celui qui pouvait, entre tous, défendre
contre les étrangers, notre honneur national et nous donner, parmi les nations, la suprématie sportive. La presse
cycliste salua en lui le digne successeur de Cassignard,
dont il rappelle d'ailleurs par bien des points, la structure
nerveuse et puissante, l'emballage irrésistible sur les cent
mètres. On parlait de le matcher contre Zimmermam, le
fameux Yankee volant, qui s'entraînait alors à Buffalo et à
la Seine. Dans la forme superbe où il se trouvait, Morin
eût sans doute été un concurrent bien dangereux pour le
Champion américain ; mais celui-ci quitta bientôt Paris
pour de lointaines contrées, sans avoir pu se mesurer avec
aucun de nos coureurs.

A la réunion du *4 août*, à Buffalo, Morin confirma sa
victoire du match franco-anglais.

Dans le prix du Havre, scratch, 2,000 mètres, il gagne
sa série, sa demi-finale, battant Muringer et Piette, et enfin
la finale où il rencontre Gougoltz et Deschamps, Jacquelin
n'ayant pu réussir à se classer. Gougoltz mène le dernier

tour à toute allure, mais dans la ligne d'arrivée, Morin le dépasse comme il veut et gagne dans un style magnifique.

On court ensuite le Prix du Parc, Internationale de 402 mètres 33.

Morin, après avoir gagné sa série, bat Jacquelin dans la 2e demi-finale. Ce dernier, après avoir mené le train, fait une embardée au virage. Morin se rapproche de lui, arrive à sa hauteur et le dépasse facilement au poteau.

A la finale, Morin suit Gougoltz jusqu'à l'entrée de la dernière ligne ; là il démarre brusquement et réussit à le battre d'une longueur. Piette était troisième à peu de distance. Prix : 400 fr.

Un match entre Houben, l'excellent champion belge, et Morin, avait été annoncé pour le dimanche *11 août* au Vélodrome de la Seine. Mais Houben, qui connaissait sans doute la grande valeur de Morin et qui se sentait indisposé au moment de courir, remit à une date ultérieure la rencontre tant désirée. Il voulait, pour lutter avec un homme tel que Morin, être en possession de tous ses moyens.

Nous voici maintenant au Championnat de France, superbe course qui va mettre en présence les meilleurs coureurs que nous possédons et désigner celui qui est véritablement supérieur aux autres. Inutile de dire qu'après ses récents succès, Morin était le favori tout désigné. Il venait de battre très régulièrement Jacquelin et Gougoltz et toutes les espérances reposaient sur lui.

Avant de faire le compte-rendu de cette épreuve si importante, je dirai quelques mots d'un épisode intéressant de la vie de Morin, épisode qu'on pourrait intituler : *Un champion aux enchères* et qui donnera une idée exacte de l'estime que professaient pour le jeune champion toutes les maisons de vélocipèdes.

Les succès si retentissants remportés par Morin sur les machines Peugeot empêchaient depuis longtemps M. F. Charron de dormir. Tout le monde sait que M. Charron représente à Paris la marque Humber.

Il sollicita donc plusieurs fois Morin de monter les machines de sa maison. A force d'instances, Morin se laissa persuader et deux jours avant le Championnat, il signait avec M. Charron un traité qui lui garantissait une somme fixe de 400 francs par mois, avec dédit de 1,500 francs.

Le lendemain même, la dernière page des journaux vélocipédiques annonçait par de grands placards que Morin monterait une Humber dans l'épreuve nationale ; mais la maison Peugeot n'avait pas dit son dernier mot. Comme le traité qui existait entre elle et Morin impliquait un dédit de 1,000 francs, Morin vint verser cette somme. Ses directeurs ne voulurent rien entendre et lui proposèrent un nouveau traité par lequel ces appointements étaient élevés à 750 francs par mois. On lui offrait, en outre, de payer pour lui le dédit du traité signé la veille avec Humber. Morin accepta ces nouvelles conditions sur lesquelles M. Charron ne renchérit pas. Une polémique assez violente entre les deux maisons rivales clôtura l'incident.

Cependant, nous arrivons au 15 août, date du Championnat de France. Parmi les adversaires les plus dangereux que Morin va rencontrer, il faut citer Jacquelin - qui n'est pas un partant certain — Gougoltz, Muringer et Bourillon.

J'ai déjà habitué le lecteur aux surprises les plus grandes dans les diverses performances de Morin. Il semble qu'il

4

cherche toujours à déjouer les prévisions les plus sérieuses et c'est lorsqu'on compte le plus sur lui qu'il essuie une défaite. Nous allons en avoir une nouvelle preuve.

Morin gagne d'abord sa série, battant facilement Bourillon, 2e, et Louvet, 3e.

A la première demi-finale, il gagne également de plusieurs longueurs sur Antony, 2e, Muringer et Courbe d'Outrelin non placés.

A la finale, quatre coureurs seulement paraissent en piste ; ce sont Morin, Antony, Gougoltz et Bourillon. Jacquelin n'avait pu se classer dans sa série.

Pour le public, Morin a course gagnée : tous les yeux sont fixés sur lui. Antony mène d'abord le train, suivi de Morin, Bourillon et Gougoltz. Cet ordre ne se modifie pas jusqu'à la cloche. Tout à coup, Morin emballe et est second au virage. A ce moment, Antony qui tient toujours la tête, le gêne et lui fait faire une embardée. Gougoltz et Bourillon en profitent pour passer.

Morin fait un effort prolongé pour les rejoindre, mais Gougoltz passe premier, suivi de Bourillon à une demi-roue. Morin ne peut arriver que 3e.

Le jeune Breton, on le voit, dut sa défaite à un incident de course. Néanmoins, l'épreuve se termina dans les conditions les plus régulières. Prix : 200 francs.

Morin, découragé, courut sans enthousiasme dans le match franco-belge, disputé trois jours après à la Seine. Il triompha des Belges avec Jacquelin dans la première manche, où il fut premier. Dans la quatrième manche, il n'arriva que second. Les Français eurent l'avantage par 14 points contre 26 à leurs adversaires. Prix : 600 francs.

IX

FIN DE SAISON

———

Avant son triomphe dans le Grand Prix, Morin remporta encore quelques bonnes victoires à la fin de la saison 1895.

Tout d'abord, le match franco-belge couru, il part pour la Bretagne où il demeure quinze jours et où il signale son court séjour par deux succès faciles, l'un le 25 août, à Lannion, l'autre le 26, à Lamballe. Dans ces deux journées, il gagne 220 fr.

Il revient ensuite à Paris, s'entraîner en vue du Grand Prix.

Le 1er septembre, il court à Buffalo le prix de Bordeaux, course scratch de 2,000 mètres. Après avoir gagné sa série, malgré une surprise de Louvet, il se mesure dans la finale avec Jacquelin et Xertaun. Au dernier virage, Jacquelin rejoint Morin qui a mené toute la course et finalement, lui prend une demi-roue au poteau. Morin est donc mis en échec, mais il va tout de suite se rattraper. Prix 100 fr.

Le 8 septembre, à la Seine, il arrive second dans le Grand Prix de l'Union, derrière Banker, l'étonnant américain, émule de Zimmermam. Il observe la façon de courir de son adversaire et va le battre dans huit jours.

Le 15 septembre, en effet, il rencontre de nouveau Banker à la Seine, dans le Prix de Châlons, Internationale de 2,000 mètres.

Je ferai d'abord remarquer l'effort incroyable qu'il dut produire pour gagner sa série contre Baras et Denesle.

Les deux premiers tours furent très lents. Tout à coup, Barras qui tenait la tête, démarre à une allure incroyable et prend aux autres une avance d'environ 50 mètres. Il semblait avoir course gagnée et s'était même presque arrêté : alors Morin emballe de son côté, rejoint peu à peu Baras et réussit à lui prendre une longueur entière au poteau.

L'arrivée de la finale fut des plus sensationnelles. Au dernier virage, Banker est en tête et part le premier ; mais Morin, qui le suit, se dégage promptement. Une lutte émouvante s'engage entre eux, tout le public est debout et des bravos enthousiastes saluent la victoire de Morin qui passe le premier au poteau, avec une roue d'avance sur Banker. Bourrillon est 3e et Gougoltz 4e. Prix : 500 fr.

Le 19, à Buffalo, Morin prend sa revanche sur Jacquelin dans l'épreuve du quart de mille (402 mètres 33). Il bat en même temps Gougoltz 3e. Prix : 150 fr.

Le 22, il va courir à Montbéliard, en compagnie des frères Reboul et de Chabaud. Il enlève facilement l'Internationale et l'Honneur. Prix : 250 fr.

De Montbéliard, il se rend avec Bourrillon aux courses de Mulhouse. La piste, sans doute, n'était pas régulière, car les deux coureurs furent battus par Tony Reboul, le joyeux Marseillais. Morin arriva second et Bourrillon troisième.

Morin et Bourrillon triomphèrent dans l'épreuve des tandems. Total des prix : 425 francs.

Les courses de Mulhouse furent les dernières auxquelles Morin prit part avant le grand Prix de Paris.

Dans le chapitre suivant, nous nous occuperons de cet important succès, mais auparavant, faisons le bilan de l'année sportive du jeune champion.

Il a couru 71 courses et matchs dans lesquels il a gagné 51 premiers prix. La somme totale de ces prix monte à *9,820 francs,* un beau denier, comme on le voit.

Après s'être brillamment révélé, il a eu plusieurs périodes de défaillance, mais il va bientôt prendre une revanche éclatante et définitive.

X

LE GRAND PRIX DE PARIS

———

Encore un mois et la saison sportive de 1895 sera terminée. Si les succès qu'elle a valus à Morin n'ont pas été bien nombreux, au moins leur éclat a-t-il affermi sa brillante réputation et attesté sur beaucoup sa supériorité indiscutable. Mais le jeune champion n'a pas donné tout ce qu'on attendait de lui. Tous ses partisans n'ont vu dans cette longue série de défaites et de victoires qu'un lent, mais sûr acheminement vers le triomphe final.

Morin, en cette fin d'année, est bien décidé à leur donner raison et à justifier les nombreuses espérances que sa splendide forme avait fait concevoir. Quel plus beau couronnement, d'ailleurs, de ses débuts sportifs, qu'un succès au Grand Prix, succès international qui, tout en faisant triompher nos couleurs, le placera du même coup au sommet de l'échelle sportive, au-dessus des champions Américains et des Belges, au-dessus des Anglais et des Italiens, au-dessus de ses camarades de France. On l'appellera le champion du monde, le Français volant. On ne se souviendra plus de ses anciennes défaites, de ses échecs inexplicables ; il aura tout réparé par cette performance merveilleuse.

Il a compris que sa victoire est nécessaire, et sa victoire complète : ici, la seconde place ne serait plus glorieuse. Il faut arriver premier.

Outre la gloire et la fortune qui attendent le vainqueur du Grand Prix, le jeune homme a aussi à cœur de faire triompher la machine qu'il monte et de reconnaître les procédés pleins de délicatesse dont MM. Peugeot ont toujours usé envers lui.

Quinze jours avant la grande épreuve, il se dit donc : « Je gagnerai. » Et dès ce moment sa victoire est certaine.

Il commence sa préparation par un entraînement sévère dont les journaux vélocipédiques racontent chaque jour les péripéties. Souvent, il fait des essais contre les triplettistes les plus habiles et, après s'être collé à leur roue, il parvient à se mettre à leur hauteur sur la ligne de but.

Le 6 octobre, jour où l'on court sur la piste de Vincennes les séries éliminatoires, il est au mieux de sa forme!

Les organisateurs avaient décidé que les deux premiers de chaque série courraient dans les demi-finales. Morin était en tète de la quatrième série, qui comprenait en outre Muringer, Broadbrige et Fossier.

Inutile de dire que la journée du 6 fut pour notre champion un premier triomphe.

Fossier, l'apôtre des grandes multiplications, prend la tête dès les premiers tours. Dans la ligne d'en face, Morin se trouve assez mal placé, mais à la sortie du virage il se dégage vivement, dépasse Broadbrige et Fossier et gagne de deux longueurs franches.

C'était un bon présage pour l'épreuve définitive du 13. D'ailleurs, les pronostics que les organes vélocipédiques émirent toute la semaine, du 7 au 12, étaient bien de nature à encourager notre héros. Tous reconnaissaient son excellente forme et les plus pessimistes n'osaient affirmer la victoire de Banker ou de Protin. Le premier, cependant, s'était montré le coureur le plus régulier de l'année ; le champion belge, de son côté, semblait avoir de grandes chances.

Enfin, nous voici au dimanche 13 octobre. Si Morin avait pu connaître l'avenir, il eût chanté lui aussi :

Le jour de gloire est arrivé.

Le Vélodrome de Vincennes regorge de spectateurs. Vingt mille personnes environ se pressent dans l'enceinte pour acclamer le vainqueur. Il ne manque plus à la solennité que la présence du Président de la République. Malheureusement, M. Félix Faure n'a pas pu venir... et s'est fait représenter.

Je m'arrête dans ma description, conseillant au lecteur de se reporter pour plus amples détails aux récits qu'ont fait de la journée mes excellents confrères Pierre Laffite, du Petit Rose et Frantz Reichel, du Petit Vert sans parler de la compétence de P. Dalon et de Victor Breyer.

Cependant, on court la dernière série éliminatoire, celle qui va réunir les partants de la finale.

Dans la 3ᵉ série, Morin bat Verheyen et Louvet. Son succès est fort méritoire, car Verheyen le surprend au dernier virage. Notre ami emballe les coudes en l'air, une embardée se produit, et il ne réussit à vaincre qu'à une épaisseur de pneumatique.

La finale met aux prises *Banker, Courbe d'Outrelon, Morin* et *Bourrillon*. Protin et Jacquelin ont été battus par Courbe. Gougoltz n'a pu se classer dans la série de Bourrillon.

Voici le moment solennel : Qu'on me permette d'en emprunter le récit à P. Dalon, du *Paris-Vélo :*

« Morin part en tête, suivi de Banker, Courbe et Bourrillon : Banker, puis Courbe, viennent le remplacer. Courbe garde la tête jusqu'à la cloche où Bourrillon démarre, mais il se contente de se placer derrière Morin, ce dernier placé derrière Banker. A la sortie du virage, les trois hommes démarrent, Banker prend le milieu de la ligne, ayant à sa droite Morin, à sa gauche Bourrillon.

» L'émotion s'empare du public tout entier, mais elle est de courte durée, car Morin se détache vigoureusement pour gagner par une demi-longueur sur Bourrillon qui, dans les derniers mètres, prend la seconde place à Banker. Les machines des trois hommes étaient engagées les unes dans les autres. Mais la victoire de Morin a paru aisée. »

Résultats :

1er Prix, 6.000 fr., *Morin* ; 2e, 2.000 fr., Bourrillon ; 3e, 800 fr., G.-A. Banker ; 4e, 400 fr., Courbe d'Outrelon.

Le lecteur a encore présent à la mémoire l'enthousiasme qui suivit la victoire de Morin et le triomphe qui fut réservé au jeune champion. Il fut chaudement félicité par M. Caumeau, du Conseil municipal de Paris, qui le présenta à M. le capitaine de Lamotte, représentant le Président de la République, et à M. Lépine, préfet de police.

Morin reçut, avec sa modestie habituelle, les éloges de toutes ces notabilités et demeura confus d'un tel débordement de félicitations et de louanges.

Le lendemain même, dédaigneux de la gloire et des honneurs, il allait s'entraîner à Buffalo, en compagnie de
Bourrillon et de Banker.

Le soir, il offrait à ses amis, au restaurant de l'Espé-
rance, un banquet intime auquel assistaient Gougoltz,
Lesna, Thé, Bourrillon, Smits, Lacombe, Peck, Juillard,
L. B. Fanor, M. Sicot, etc., etc.

Quelques jours après, renonçant à courir dans le Grand
prix de Madagascar, il revenait à Saint-Brieuc par Caen,
où il prit part aux courses du 20 octobre. Il fut l'objet, de
la part de la population, d'une manifestation très sympathique et gagna tous les prix.

D'autres témoignages de sympathie, plus cordiaux, s'il
est possible, l'attendaient à son arrivée à Saint-Brieuc.
Tous ses compatriotes étaient fiers de sa victoire et le lui
prouvèrent de mille façons exquises. Plusieurs punchs
furent offerts en son honneur au Café Tardivel et l'on ne
savait trop ce qu'il fallait le plus admirer, ou de la modestie
dont le jeune homme faisait constamment preuve, ou de
l'enthousiasme délirant que l'on mettait à célébrer sa
victoire...

Ami lecteur, faut-il, pour me conformer à l'usage, donner une conclusion à ce modeste travail? Non, n'est-ce
pas. Vous l'avez déjà formulée vous-même, cette conclusion. D'ailleurs, n'a-t-elle pas été écrite au commencement
de l'ouvrage par une plume plus habile et plus autorisée
que la mienne ?

Comme tous les cyclistes qui ont suivi avec intérêt l'année sportive, M. Mousset considère Morin comme le plus
ferme espoir de notre sport vélocipédique.

Il ne faudrait pas croire, en effet, que notre sympathique
compatriote va se reposer sur ses lauriers du Grand Prix.
Cette brillante victoire n'est que le début, et non l'apogée
de sa forme. Elle sera en outre pour lui un encourage-
ment dans les luttes de l'avenir. Elle lui donnera la mesure
de sa valeur et la confiance nécessaire pour vaincre les
adversaires les plus redoutables.

Puisse-t-il rencontrer l'année prochaine les Johnson, les
Zimmermann, tous ces prodiges de vitesse, et, par de
plus importants succès, fournir pour les éditions futures
des *Débuts d'un Champion*, un grand nombre de pages
encore plus glorieuses.....

Saint-Brieuc. — Imprimerie Francisque Guyon, rue Saint-Gilles.

Les *Fils de* **PEUGEOT** Frères

DE VALENTIGNEY (Doubs)

VÉLOCIPÈDES

Sur piste comme sur route, les machines **Peugeot** ont toujours brillé au premier rang.

Leur rigidité et leurs roulements sont sans égal.

VOITURES AUTOMOBILES

Les grandes courses spéciales à ce genre de locomotion ont été gagnées par des Voitures **Peugeot**.

USINES A VALENTIGNEY, TERRE-BLANCHE, BEAULIEU, MANDEURE

SUCCURSALES A PARIS, MARSEILLE, BORDEAUX, RENNES

Agences dans toutes les Villes de France

Sur demandes faites aux Succursales et Agences, envoi **FRANCO** du Catalogue illustré des Vélocipèdes **Peugeot** et de l'Album illustré des Voitures automobiles **Peugeot**.

5

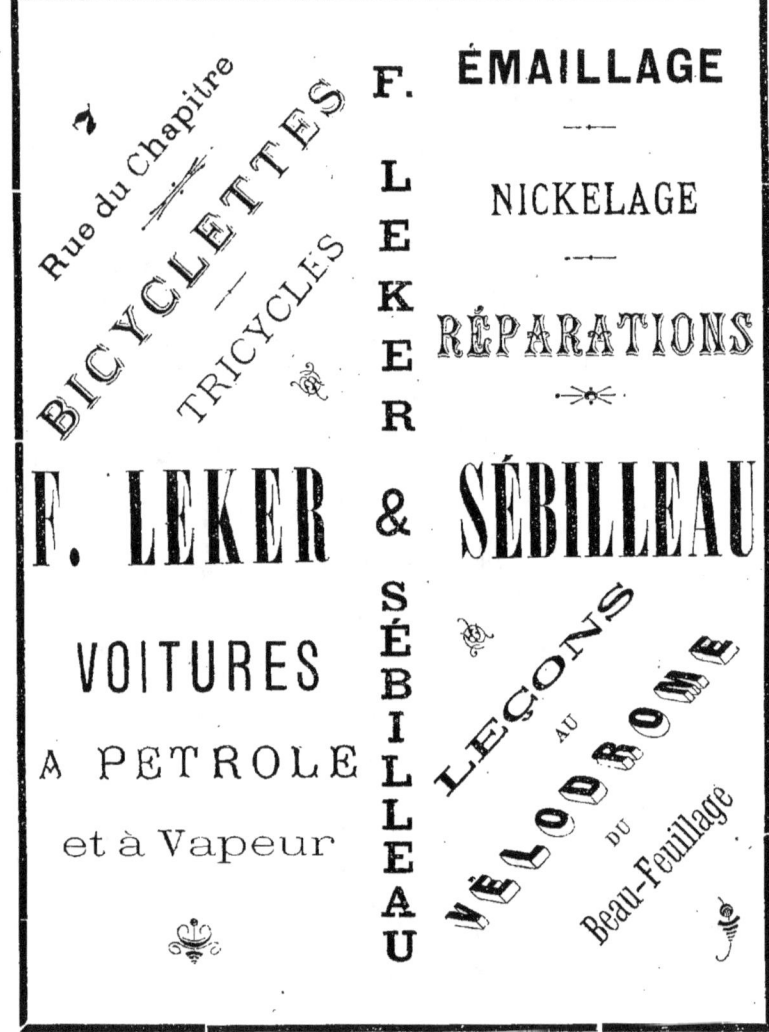

A. FERNIQUE

INGÉNIEUR DES ARTS & MANUFACTURES

31, RUE DE FLEURUS, 31

PARIS

Photogravure. — Gravure chimique. — Chromo-
typographie. — Photographie. — Reproduction. —
Agrandissement. — Reproduction d'après nature. —
Photolithographie. — Réduction et Tirage sur Pierre
de tous Dessins au trait.

TÉLÉPHONE

GRAND CAFÉ

DU CHAMP-DE-MARS

L. FROMENTIN, Propriétaire

MONOPOLE DE L'EXQUISE
« SALVATOR »
Bière Brune Française de la Croix de Lorraine

www.ingramcontent.com/pod-product-compliance
Lightning Source LLC
Chambersburg PA
CBHW060457260626
47161CB00005B/2151